圖書在版編目（CIP）數據

完菴集 /（明）劉珏撰. 一北京：中華書局.
2019.4
ISBN 978-7-101-13823-8

Ⅰ.完… Ⅱ.劉… Ⅲ.古典詩歌-詩集-中國-明代
Ⅳ.I222.748

中國版本圖書館CIP數據核字（2019）第050065號

ISBN 978-7-101-13823-8

9 787101 138238 >

書　　名	完菴集（全二册）
撰　　者	〔明〕劉　珏
封面題簽	徐　俊
責任編輯	胡正娟
出版發行	中華書局 （北京市豐臺區太平橋西里38號　100073） http：//www.zhbc.com.cn E-mail：zhbc@zhbc.com.cn
印　　刷	杭州蕭山古籍印務有限公司
版　　次	2019年4月北京第一版 2019年4月第一次印刷
國際書號	ISBN 978-7-101-13823-8
定　　價	480.00圓

（明）劉珏撰

完菴集

中華書局

守爾研田
無忘梧棬
惠煒孔昭
庶幾鳳毛
許

出版説明

劉珏（一四一〇—一四七二），字廷美，號完菴，明代蘇州長洲（今江蘇蘇州相城渭塘）人。少時，郡守况鍾聞其才，擇爲吏，不就。正統三年，中舉。景泰三年，領鄉薦，除刑部主事。天順初，遷山西按察司僉事。爲官多善政，然薄於仕宦，居三年，致仕歸吴中。因「無冠裳之累」（明吴寬語），遂於自家屋圃引水爲池，壘石爲山，花木玲瓏，號「小洞庭」。悠游林下，詩酒唱和，往來多沈緦菴、韓雍、徐有貞、夏昶、沈周、杜東原等吴中能詩、善畫、工書名士，風雅興盛一時。

劉珏工書善畫，精鑒賞。書學李邕、趙孟頫，行草各臻其妙。山水畫法吴鎮、王蒙，筆有董源、巨然意。《丹青志》云：「僉憲劉公……寫山水林谷，泉深石亂，木秀雲生，綿密幽媚，風流藹然。高者攀鱗巨老，庶乎升堂，特未入室耳。」《蘇材小纂》云：「劉廷美山水，煙嵐草樹，綿邈幽迴，有董、巨餘意。」今存世作品有《自書詩》《仰問帖》《臨梅道人夏山欲雨圖》《清白軒圖》等。尤爲值得一提的是，吴門畫派領袖沈周曾得到劉珏指授，其山水畫造詣很高。

又雅愛作詩，「五言似陶，七言佳處似杜」（明郭子章語），《江南通志》載其「老而好學，工於唐律，時人稱爲『劉八句』」。「公有高節清操，年甫五十，脱屣名利，而自樂於山巓水涯，凡有所觸，一於詩發之。詩多清妙可喜。」（明王鏊語）有《完菴集》存世。

《完菴集》所收劉珏詩三百餘首，「大率投贈登臨哀挽之作，而七律居十之七八，雖無巨製，亦頗翛然自喜」（吴昌綬語）。《江蘇藝文志》蘇州卷著録，《完菴集》有一卷本、二卷本、四卷本。一卷本著録爲正德刻本，上海圖書館、國家圖書館藏。二卷本有弘治常州刻本，館藏不詳；萬曆二十二年重刻本，杭州大學圖書館藏。四卷本

有清抄本，南京圖書館、重慶圖書館藏。據《嘉業堂藏書志》卷四載，明弘治刻本《完菴集》，前有弘治十七年同郡吴寬序，後有正德壬申王鏊序，後附祝顥撰墓志銘，又郡志一則，又祝允明祠贊一首。并鈐「錢謙益印」（朱文方印）、「楊灝之印」（白文長方印）、「繼梁」（朱文正方印）等印。萬曆二十二年，族孫劉玉成屬武昌守孫承榮重刻詩集，是爲《重刻完菴劉先生詩集》。集前有郭子章序、吴寬序，後有王鏊後序、劉玉成跋、孫承榮後序。「先生殁而有集四卷，曾孫進士布授之梓，吴宗伯、王太傅叙之，稱其詩有陶、韋風，而原本於其人，先生自是不亡矣。」（明孫承榮語）據此可知，《完菴集》初爲四卷，劉珏曾孫劉布輯詩刊刻，吴寬、王鏊作序。

今影印所使用底本爲上海圖書館藏明正德刻本。正德本《完菴集》，無扉頁，無目録，不分卷，半葉十行，行十八字。刻工極古雅。該本曾被翁澍、陳訏收藏。首頁下鈐「獨醒居士」印，卷首又鈐「翁澍之印」「季霖」「莪齋」三印。翁澍（一六四〇—一六九八），字季霖，清蘇州吴縣人。博學知名，家富藏書。書前又有陳訏所用硯臺銘文拓片，其文曰：「宋齋。守爾研田，無忘梧棬，德輝孔昭，庶幾鳳毛。訏。」陳訏（一六五〇—一七三二），號宋齋，自號歡喜老人，清海寧人。精數學，喜藏書。卷末附明代藏書家、長洲祝顥所作《五先生祠贊之一》及王鏊作《完菴詩集後序》。祝顥《祠贊》後鈐「嵚崎歷落可笑人」「荻水王廣」印。王鏊序中縫頁碼自『序四』起，疑補配。

上海圖書館所藏正德本爲一函三册，今改爲兩册；版心仍舊，惟開本放大，較之原版更疏闊。新增目録，缺字、墨丁則分别以「□」「■」代之。個别頁面有文字缺損，今依萬曆本補録於此：

壽練侍御從道

戴豸清名重柏臺，賜歸雙鬢漸皚皚。閒庭壘石皆詩料，老圃栽花半藥材。玉麈醉揮教鶴舞，畫樓高卧看雲來。知君不試飡霞術，四海于今壽域開。補十六葉。

再壽沈緄菴

八十遐齡又六期，我慚初度獨來遲。玉桃只許東方得，紫氣還容令尹知。洞裡樓臺千歲藥，人間甲子一枰碁。多情欲釀滄溟水，添入年年獻壽巵。補三十一葉。

挽沈緄菴二首

海上青騾去莫追，訃音傳得到天涯。無人更下陳蕃榻，有客新題郭泰碑。百歲衣冠成大夢，五湖風月負佳期。西莊他日經行處，應是羊曇醉酒時。補三十一葉。

挽魏松軒

七十年過鬢未華，白雞符夢忽堪嗟。衣冠已葬滕公室，書畫猶存米老家。荒圃晚烟迷藥草，小軒踈雨落松花。卻思鄉飲歸來日，筆架峰前共啜茶。補六十四葉。

挽王彦弼主事妻

道韞才華德耀賢，幾投簪珥濟顛連。音容在世萬餘日，箕箒從夫十二年。錦勑未須春殿裡，璠花先落晚風前。銅盤山下堪傷處，衰草寒雲滿墓田。補六十四葉。

另，七十葉詩題爲「挽伊卿父」。

蘇州市相城區渭塘鎮人民政府重視鄉賢及鄉邦文獻，搜集善本，由中華書局影印刊行，以饗讀者。

中華書局編輯部

二〇一九年三月

目録

完菴詩集序

夫詩自魏晉以下莫盛於唐唐之詩如李杜二家不可及已其餘誦其詞亦莫不清婉和暢蕭然有出塵之意其體裁不越乎當時而世似相隔其情景皆在乎目前而人不能道是以家傳其集論詩者必曰唐人唐人云抑唐人何以能此由其蓄于胷中者有高趣故寫之筆下往往出於自然無雕琢之病如韋柳又其首稱也世傳應物所至焚香掃地而子厚雖在遷謫中能窮山水之樂其高趣如此詩其有不妙者乎完菴先生劉公少爲刑部屬出僉山西按察司事居三載即棄官歸吳中年始五十耳公神情蕭散無冠裳之累其家長洲之野江湖之上日玩雲水不足引水爲池累石爲山號小洞庭與客登眺以樂興至輒瞪目爲吟哦聲其詩專法唐人語多與合當時所與倡和者武功徐公參政祝公及隱士沈石田數人而已自公之没而徐祝二公相繼下世吳中風流文雅不可復見矣予於公爲後輩而託交久成化辛卯予北上與公別明年公遂不起竊恨之於是公之曾孫布

登進士第旣喜公之有後而布嘗輯公詩名完菴集者請序則又喜其詩之不亡也完菴者公歸田時號也自以保其身名幸而無虧如玉返璞以全其眞觀公晩節之善如此又唐人王右丞輩有不可及者其詩僅百篇所遺者尚多讀者如得其爲人則又奚以多爲哉弘治十七年夏五月朔旦資善大夫掌詹事府禮部尚書兼翰林院學士延陵長洲吳寬序

顔孝子詩并小叙

顔孝子季栗執父喪哀毀五日而没或謂其過於厚然過於厚不猶愈於薄乎為人子者能以季栗之心為心則風俗歸厚而逆理亂常之徒削迹於世矣此君子於季栗所以雖抑其過而必揚其善也其季子昌侍翰林陳君緝熙所著孝子傳之余請言遂摭傳中事析為五題〻各系之以詩附諸卷末以俟采風者觀焉

中秋詠月

中秋之月皎〻其光我思二親在天一方欲往從之道阻且長願為黄鵠隨風以翔斐然成詩我心孔傷

聞喪奔赴

惟鴈有書來自西隅云我母氏棄我諸孤子惡當殱母有何辜哀號仰天邈不可呼清晨于邁雨雪載途悠〻山川我心若劌

函骨歸葬

秦關峩〻渭水溶〻母骨在函憂心冲〻行荷

于肩渡捧於胸既還於鄉馬鬣其封子孫繩々
展省不窮

迎父歸養

父昔在戍亦孔勞瘁令我迎養庶幾無愧諆我
兄弟毋惜爾貲戒我室人毋薄爾味既有旨酒
亦有肥羜飲之食之惟其所嗜介以眉壽黃耇
台背

繼父以沒

嗟々我父天不憖遺父既亡只子生何為豈曰
無食而我弗飢豈曰無漿而我弗思一陟一降
時復見之彼蒼者天莫知我悲
睠彼庭樹風吹不息親不逮養子何報德皋魚
之言是刑是式五日而斃在父柩側彼何人斯
證父為直彼何人斯處有德色頹波橫流砥柱
屼々太史作傳勸之金石於千萬年孝子不沒

得徐尚賓陞兵部郎中信喜而賀之

塞鴈南飛日書來見故情大夫新拜寵高士舊知名官簡餘閒少心勞太瘦生春風阿閣上重聽鳳凰鳴

先月楼

夜〻南楼月先来照酒卮君家自近水天意本無私對白鳥驚早窓明燭到遲望舒如有約不用待多時

遊洞庭

泊舟銷夏灣跨馬羅漢寺心空悟禪語衣濕着

山氣籬明紅槿花路暗青松樹一笑出東林清風送歸去

山西送直兒還家

霜臺一杯酒去住各沾纓遠道鄉關夢衰年父子情青山成晉驛紅樹鬭閶城汝叔如相問歸田賦已成

紫霞洞

欲把桃源比桃源迥不同地能開祕藏我亦有仙風龍臥一泓冷雲來雙竅通好詩吟不盡歸寫畫圖中

過沈石田有竹居次徐天全韻

烟水微茫外舟行一舍餘既覓沈東老還尋陶隱居氷絃三疊弄雪䌫八分書醉和陽春曲空踈愧不如

積慶堂

隱君栖息處門對玉山岑處世惟行義傳家不在金舊書兒雖讀芳譽士俱欽借問燕山桂何年發故林

忝寒泉

潛老栖禪處坡仙作郡時孤峰與世隔五馬入林遲泉煮杯餘茗碑刊梦舊詩悠〻四百載弔古不勝思

借騎於徐[redacted]遊包山

南州雪色馬借我看山行深處不一到好花空自明酒邊雙鬢老物外一身輕婚嫁年来畢何慚向子平

送吴匏菴會試

秋闈名已動鄉閭得意重驅𨍏上車辭父暫抛萊子服致君今用伏生書香飄玉陛傳臚處露濕金花錫燕餘老我閒居憶知己好音頻寄莫教疎

送徐天全再赴張湫二首

手足胼胝兩鬢秋功成深慰至尊憂奇文五色驅妖鰐砥柱千年障横流載月仙槎纔𨍏上冐寒驄馬復南遊垂名竹帛中丞志不在分封萬户侯

天語新承寵任專御爐烟裏玉階前盐梅自昔堪調鼎舟楫于今已濟川麟閣曉雲隨彩筆鎬京春酒醉璚筵贈行分得烏絲錦江漢皇華寫數篇

玉岑道中有懷徐天全

啜茗焚香興不慳出門殘照滿青山千章古木知誰種一路流泉送我還白髮肯辭今日醉紅塵能有幾人閒題詩報與天全老只欠君遊紫翠間

壽徐天全八詠

脫屣名區

鐵券丹書柱石臣掛冠今値太平春黃金殿上辭明主白玉堂中別故人飛夢已先隨鹿豕圖形何必待麒麟憑誰報與河陽令歸路無勞復望塵

游心物表

燮理功成入翠微古来明哲似君稀數編仙籙從頭註一片閒情與世違老鳳自依珠對宿冥鴻長近碧天飛白頭却咲王丞相猶愛金籠放雪衣

放歌林屋

璚液新篘貯滿瓢洞天深處恣逍遥長歌隱士紫芝曲相和神仙碧玉簫月照石床雲不斷風生琪對葉皆飄蟠桃忽報花如錦飛度瑶池酒未消

濯足太湖

筆牀茶竈寄孤蓬逸興春来似酒濃足濯太湖三萬頃氣吞喬岳幾千重銀濤亂湧翻明月鐵

笛橫吹起臥龍回首雙鳧飛碧落漁郎何處覓仙踪

草閣集方

草閣閒来理舊囊手抄寧厭字千行全無政府清凉散半是仙家却老方濟世欲将三代比用心非在一身康初辰小試餐霞術絶勝青精煑作糧

綠野清遊

柳岸陰、抱郭斜有輿長日與無涯天平近謁忠宣廟甫里遥尋魯望家坐倒綠樽依蕙草步隨流水入桃花清時處、眈行樂不種東陵五色瓜

芳園獨樂

翠壁紅泉竹遶籬午橋那得更清奇藥苗出土閒堪辨花氣熏衣醉不知迂叟記成猶昨日丈人機息已多時白雲不好持相贈莫恠年来只自怡

逍遥壽域

帝德光華壽域開熈、無處不春臺笙歌院落神仙醉錦綉江山宰相来玉封自隨天地老牡

丹誰爲子孫我■更有明朝約鶴背相将上
九陔

陪徐天全遊城西諸峯

琴臺石屋恣躋攀上相襟懷豈等閒一路兒童
皆拍手幾人風雨亦登山乳泉分入茶壚内瑶
草妝来藥籠間直把天平作盤谷煙霞髙臥不
知還

送參政俞

送君東郭倒離觴奏績誰如姓字香河洛幾年
歌豈弟

朝廷昨夜夢賢良荷風画舫圖書逺槐雨青油
驛路長粉署賢郎知暫别紫泥行捧入明光

賀俞士悦司寇致仕

白玉階前拜
玉皇賜歸争賀沐
恩光尚書已結香山社丞相新開緑野堂物外
烟霞容栽老陌頭車馬爲誰忙緣知蕉境春如
海日、邀賓入醉鄉

送太保陳有鑑致仕

分陝功成兩鬢斑便陳骸骨動

龍顔仲翁賸有黄金贈廣德寧無駟馬還翠栢十圍霜後老白雲一片雨餘閒懸知别後勞清夢只在蓬萊咫尺間

葉都憲與中口外八景

赤城晝漏

簾外西風送早寒漏聲遥聽獨凭闌蓮開玉塞秋無恙水滴金壺晝不乾晷轉任教鈴外報記成還憶院中看狂胡未滅頭先白點、令人不自安

雲州晚角

慘、寒雲漠、沙五更無地不霜花城頭小隊初吹角夢裡征人未到家關月漸低孤影淡塞鴻不度一行斜可憐憂國雙蓬鬢鏡裡今朝覺更華

獨石春耕

口外山川古戰場清時無事只耕桑懷柔本爲堯仁洽屯種尤多漢策良春對鳩啼千嶂雨曉田牛去一犂霜將軍講武還蒐獮昨日彤弓殪白狼

馬營夏牧

西峪曾經問俗過馬韋一望接鵰窠文公謾說三千富毛仲羞稱十萬多沙上放來肥苜蓿雪中騎去取蓮婆奚官指點龍媒說曾道金輿渡玉河

東庄秋饟

雲輜千兩出皇州流馬奚須羨武侯駉騎夜馳忘寢食塞垣秋散有歌謳封倉不費參軍計煮弩何煩校尉憂兵食年、勞聖慮報恩須斬月氏頭

西衛冬衣

製自冬官費萬金繡衣馳賞奉綸音風高正賴縫紉寒氣銳全憑作養深擐甲有心看寶劍枕戈無夢逐清碪軍容整、周宣玁狁何憂不就擒

鵰鶚夜雨

寒、蹀、聽不窮轅門昏鼓罷三通漢屯禾黍雖霑足胡地塵沙未洗空過磧暗迷孤戍火入樓寒帶五更風曉来南望長安近瑞日光華處處同

長安晴日

嶺上春明物色饒東風凝望思迢、山桃浥露
紅千對沙柳垂烟緑萬條納土使來車軛、度
關人去馬蕭、
帝城只在南山外紫氣長時射碧霄

送行人金尚德使湖廣

玉珮珊、出紫宸為傳
天語向湖濱仙槎有路寧愁遠舊槖無金不厭
貧牛渚月明秋練薄匡廬雲斷曉鬟新應知後
夜停橈處先着萊衣拜老親

葉都憲與中宴集次韻二首

酒逢知己便沉酣不用燈前勸再三雪月滿盤
供馬乳蜜丸開甕試金柑墨君獨愛湖州妙草
聖争誇長史眈更約尋芳南陌去垂楊拂馬緑
毵、

鳳團烹雪嗽餘酣數到元宵是四三市近易沽
留客酒路遥難致奉親柑長才食禄真無愧老
眼看花自不眈昨夜還家春夢裡門前碧對影
毵、

早朝復用前韻

九重春煖碧桃酣萬國人呼萬歲三繡縛已呈

汝苑馬黄封初進福州柑詞臣應
制詩先就
聖主憂民樂未耽大祀南郊陳鹵簿霓旌十里
影鏒

題楊叔璣宜閒堂

龍馬精神鬢未斑相逢何事說宜閒平陽政簡終為相定遠功成始入關舟鳳只應翔日下赤松休信在人間他年歸第重開社未必香山勝謝山

送楊叔璣侍户

陌頭楊柳拂香羅漫折烟絲綰玉珂户口盡歸周典籍陽春須布漢山河鶯當别處啼偏久花傍離觴落故多清世夔龍滿臺閣狂來欲獻太平歌

遊虎丘和錢學士原博韻

仙人騎鶴下瀛洲短簿祠前作勝遊山閣高寒簾捲暮海天空濶鴈來秋洞中碁為消閒着石上詩因吊古留歇水尋山雖可樂紫泥只恐召韓休

遊吴山寶華寺復用前韻

錦綉湖山似十洲重陽未到已先遊向平老去偏多興杜牧重来不厭秋行處却憐雲作伴别時還愛雨相留呼童摘取芭蕉葉寫得新詩贈惠休

和錢學士原博宴朱玉雪池亭韻

水榭風亭列綺筵白頭相見各歡然地偏似與三山近人樂無如五福全檀板按歌来竹下黄柑薦酒擘霜前蠻箋醉掃三千字渴驥爭奔澗底泉

韓都憲永熙重恩堂

柱史封章一度過誥花又見下鸞坡貴登三品人非少寵及雙親世豈多仙洞碧桃凝湛露石湖春水漲恩波横金注玉高堂上蔗境其如此樂何

和韓都憲永熙留别沈陶菴韻

東林池舘最清幽冠盖頻煩覔舊遊白酒醉来知幾度紫泥徵起又三秋天邊湛露何多也海内遺賢可薦否使者還朝為相報陽春一曲少人酬

陪徐天全夏仲昭遊玉峯次韻

青峰高聳白雲頭今日来陪上相遊甫里晚烟
縈茂苑洞庭春水接湖州山中未乏連城玉海
上空閒萬斛舟勝會況逢全盛日蘭亭不減晋
風流

贈夏太常仲昭

乞得
天恩下九關容臺爭似釣臺閒白雲不作人間
雨黃鶴惟思海上山欹枕北窓風滄滄濯纓西
澗水潺潺大江南去三千里幾處林泉有客還

壽祝大參惟清

青瑣芳聲有數車省中今對紫薇花心懸天上
雙龍闕春滿山西百姓家座客此時看壁脯洞
仙前日教飡霞顧君玉帶橫腰日歸泛江南一
釣槎

蘭桂同芳再壽祝大參

深黃淺碧懶爭春歲晚空山自結群謝氏好花
天下少竇家奇對月中分風霜院落偏宜賞錦
綉衣裳不用熏白首休官逢盛世採芝黃綺不
如君

送朱憲副父歸和州

日光如黿猴如童鄉思逢秋逐短蓬烏府來看
驄馬客碧山歸伴紫芝翁吟邊宿草隋行發夢
裡寒潮宋故宮歲晚吳門逢驛使梅花應得寄
東風

送陳都憲有鑑再赴陝西

璽書將
命出臺端共喜西陲有一韓枯[redacted]又霑新雨露
疲民重拜舊衣冠函關月夜雞前度華嶽晴雲
馬上看
聖主中興圖治切蚤收殊績奏金鑾

送黃棘寺出使

紫禁含香侍翠華口傳
天語到天涯萬方臣妾歌周化八月魚龍避漢
槎海島只今多薏苡鄣亭自古有琵琶可憐歲
暮無他贈折得寒梅數朶花

邊靜亭為翁總戎賦

十載威聲震百蠻一亭開向柳陰間金戈淨洗
邊頭水銅柱高標海外山對月兵書還自讀傍
花壺矢不曾閒莫言談笑封侯易定遠心勞鬢
已斑

壽練侍御從道

戴
清名重柏臺賜歸雙鬓漸皚：閒庭壘石
打老圃栽花半藥材玉麈醉揮教鶴舞画
皆
樓高卧看雲来知君不試飡霞術四海于今壽
域開

練侍御宅賞牡丹

淡白深紅間淺黄風光都属綉衣郎一從新譜
傳吴下懶向時人話洛陽亭館宴餘翻别席綺
羅歸去剩餘香承平此樂皆
君賜不似天涯憶故鄉

送陳汝勵赴廣東布政

彤庭月曉御烟浮方伯新除拜
冕旒大匠未遺安厦木雄藩先得濟川舟江邉
浪影揺蒼玉道上棠陰引碧油只恐紫泥教赴
闕生祠空立在遐陬

壽邢郡侯父

一經教子入臺端自喜清時賦考槃熊兆未歸
周尚父龍章先賜漢郎官洞中瑶草熏棋局海
上珊瑚拂釣竿八十須知等閒事蟠桃子熟正
加飡

和邢郡侯聞鵲韻

燕寢香爐換水沉捲簾明對落花深門無暮夜懷金客腹有平生許國心騏驥只今空萬馬鳳凰終古異凡禽循良拜相尋常事鳱鵲何須報好音

賦得楓橋送憲副劉欽謨

闌干三百與雲齊勢壓江橋處處低朱雀飛來山雨外彩虹垂在水城西孤舟夜火詩人泊華表春風貴客題此地逢君乘駟馬只疑平步上天梯

送姚郡侯更任鎮江

從容冠盖出黄堂今日諸侯舊省郎繞向吴門作霖雨又從京口布春陽袖歸白璧渾無玷移去寒梅不改香栽過甕城須下馬坐聽田叟詠甘棠

送朱漢房僉事廣西

斗酒城陰醉落暉桂林萬里惜分違張綱奉使清名在汲黯遷官直諫稀綉斧三春天祭下文星半夜斗南飛懸知荒斥巡行遍民瘼先將獻紫微

寄林郡侯一鶴二首

烏府當年拜美官朝〻整豸立朝端青霄露滴朱衣濕白日霜飛鐵面寒折檻尚為明主重諫章亦與別人看丈夫憂樂關天下出守先令一郡安

春風吹雨過江沙京口吴門路不賒燕寢有香分別院馬蹄無跡到豪家心長戀闕偏多夢鬓為憂民却易華銷盡俸金都奉母一經教子是生涯

送徐憲副讓再任山東

冠蓋紛〻落照間共傾樽酒醉朱顏臺端宿望遷官去天上新恩獻績還風送錦帆開壮渚雨隨驄馬到東山紫泥不久君看捧定立清朝弟一班

送徐尚賓

楊柳閶門雨未乾行人躍馬上長安真龍講武開新閣司馬推賢起舊官霄漢又看騰踏去交游休嘆别離難京華知已如相問留得忠君一寸丹

紫薇精舍為陸大参孟昭賦

度水穿林不憚賒為憐龍耳在烟霞數株枯栢郎官淚千古清風宰相家石壁掃苔看舊刻竹爐吹火薦新茶知君戀闕心猶切夜夜山中夢翠華

送友廉使西蜀

外鎮綱維屬使君內臺英俊惜離郡煩將文紀埋輪手去作相如難蜀文六月霜花零蔓草九秋鵰鶚破長雲多才況值中興日燮鼎行看勤茂勳

夢草為張黃門静之父作

夜深甥館夢悠悠一度相尋一解憂胡蝶不迷芳渡口鸛鴒偏戀舊原頭半簾晴色題詩坐十里繼香載酒遊何處鍾聲忽驚破滿庭風雨又生愁

送杜公序西秦脩志

聖主垂衣重典章遠勞脩志向咸陽文風到處皆鄒魯事跡收來盡漢唐銀燭課書雲作紙玉函封進錦為囊懸知太史編摩日才瞻惟應說杜郎

送張主事鄭之還刑部

娟〻玉對映琅玕不讓陳家有二難三鳳傳臚
皆進士兩京馳譽揔刑官池塘梦後添新句霄
漢来時聚舊歡明發都門須緩〻薦書聞已上
金鑾

送張叅政起脩實録

祖席華觴莫漫傳
至尊當宁正思賢周家孝友稱張仲漢室文章
重馬遷紫塞地寒知雪徧玉堂天近得春先懸
知一代書成後
聖德神功播萬年

送兖郡矦二首

先皇擇守在廷臣惟我賢矦第一人近向堯天
分寵命遠来吴地布陽春疲民得濟官租減[illegible]
骼沾恩義塚新令日城西四五馬咲看父老挽
朱輪
兩鬢秋霜一寸丹循良聲譽滿朝端化教薄俗
爲君子薦及寒儒作美官廉范来時歌尚在寇
恂去日借應難履聲又入明光殿補
袞餞勤佐治安

送邢遜之赴 召

九重飛詔起仙郎三晉山川盡有光策學舊聞
收董賈史才今喜得班楊壯門日暖金魚重東
觀風微汗簡香館職由来兼宰輔早同元凱事
虞唐

送曹黄門宗衡省親

官舍寒宵夢問安陳情偏沐
聖恩寛賜緋着去鄉人羡諫草携歸阿母看天
上龍章雲作錦洞中仙果玉為盤嗟余定省違
来久握手河橋思渺漫

送范主事彦昇父之汝州

桃花舊種滿河陽遠踏雙鳧入
帝鄉天府書曾旌卓魯汝州人喜得龔黄棠陰
過雨紅塵净燕寢凝香白晝長别後問安勞尺
牘九重霄漢有賢郎

馬進士抑之穿山送别

五典三墳滿案堆君才不讓呂東萊池邊夜月
蘭舟泊花裡春風絳帳開已見陳璠待徐孺還
期孔子鑄顔回多情最是穿山色飛入離筵送
别杯

慰馬進士喪偶

月缺花残負舊盟璚林仙客若為情數行織錦機中字千古登科録上名秋草不生埋玉恨暮砧偏送斷腸聲煩君再種藍田玉阿母高堂待作羹

送楊郡侯

愷悌多年著德音分符重沐聖恩深陽春有脚来兹郡暮夜無金愧此心風雨一麾勞勸諌桑麻千里動歌吟如何便促朱輪去又作他方濟旱霖

送陳編脩緝熈

孝行廉名是處聞公門無跡稾無文陳情兩度能終制泣血三年不茹葷天上星辰丹鳳闕江南烟雨白鷗羣官舡一路行休緩祕閣諸儒待子雲

贈甘大尹弘濟

老手宜調鼎鼐和暫煩花縣教絃歌疲民盡怨来蘇晚當路曾嫌直道多霜冷玉關皆墮葉月明珠浦不揚波紫泥早晚君應捧思慕其如去後何

送孫庭蘭主事貴州散賞

捷書萬里奏明光已喜王師克兕方周室報勋
昭盛典漢宮將命託仙郎洞庭南去星槎遠太
白西來鳥道長好向轅門催振旅春風牧馬華
山陽

送楊宗伯遷南京刑部

中興才傑滿清朝簡擢偏承雨露饒周室采詩
歸呂伯虞庭作士重皋陶雲依北闕心長戀春
入南都雪盡消白髮致
君知有術上章先請减天驕

送楊宗伯參政山西

鴈門南下晉遺民保障于今屬縉紳瘠土未消
千里雪好風先布萬家春明時有策平西虜戀
闕無眠對北辰留取聲華照青史丈夫端不負
君親

送陳憲章東廣畢姻

彩衣披拂映花驄比去藍橋有路通蕭史美才
齊弄玉孟光賢配得梁鴻杯傳合巹銀屏下帶
結同心錦帳中々饋只令知有托庭闈歡笑坐
春風

送仰大理還吳

棘寺重登荷

聖明賜歸深愜暮年情身如泛梗誰非客官得懸車始是榮醉裡鶯花三晦宅夢中霄漢九重城懸知報國心長在夜〻教兒對短檠

善政錄為王別駕賦

清風明月滿靈臺佐郡爭誇展驥才村巷幾年無吏擾海鄉今日有官来黄沙斷岸逢秋築緑草荒田趁雨開只恐吴民又無福紫泥徵起入蓬萊

題竹贈項大尹

河陽縣裡花如錦爭似侯家玉兩竿直節不容塵土染貞姿偏耐雪霜寒幾番鳴鳳吹簫和一片晴陰隔座看百里由来非大路定須移植近金鑾

題竹贈李二尹

出自淇園得地靈何年移植近松廳秋雲着處陰初厚春雨霑時色更青節下好詩閒便刻枝頭鳴鳳醉還聽長林落〻君須惜栽管終當入舜庭

送趙進士汝吉

虎榜題名見盡誇更憐才質玉無瑕暫歸鄉里
渾如客久住京師即是家舟待潮来方鮮纜椰
當人别故飛花致
君堯舜須才傑莫使平生負五車

贈張時勉學諭

白髮談經久未遷束書歸卧舊林泉自知行古
難諧俗人笑官貧不買田望海立當山頂上看
松行到寺門前我来喜結滄浪伴笑荅漁歌並
釣舡

賦得南園壽鄭郡傅

城下芳園百畮寛辟疆曾此縱遊看歌童玉笛
[illegible]楊栁侍女金盤送牡丹勝事一時經俗眼清
風令日付儒冠我来欲介先生壽折得桃花上
杏壇

送錢世恒會試

蟾闕高攀一桂枝登瀛還及少年時主司自古
多青眼名閥于今有白眉楓陛月斜廷對早杏
園風暖宴歸遲都門若遇南来使寄我湘靈鼓
瑟詩

送鄭教授兼柬其兄長史

齊女門邊接鄭虔幾多心事酒尊前雲山一別三千里風雨相思二十年老鬢又添新白髮故家留得舊青氈西遊若遇王門相說我歸耕負郭田

送錢僉事壻迎婦還薊州

玉為丰釆錦為衣年少如君眼内稀雀矢巳誇前日中鹿車今喜故鄉歸画橋柳拂仙郎筆綉閣花生織女機中饋只今知有託早傳消息報庭闈

題曹以安進士桂軒

白鷴城西舊隱村桂花十里掩衡門栽培不惜勞筋力攀折從教到子孫衣冷翠陰來短榻香金粟墮芳尊燕山事業傳歌咏應許君家得並論

題仇都指揮忠孝卷

前人功業苦難論寫得丹青示子孫瀚海波濤流戰血陰山風雨泣忠魂圖形只合藏宮並繼武猶憐召虎存早晚旌書来日下一門忠孝沐君恩

題郭定襄父母孝節卷二首

使回忠義動明光玉果金錢出尚方千載君臣
初際會五年夫婦還存已九熊有淚看兒德封
肉無人奉母嘗聞説南山瘞雙璧慈烏啼殺對
頭霜

讀罷穹碑思惘然君家夫婦最堪憐問安嚴父
三千里教育孤兒四十年風雨不消烏鳥恨閨
門猶誦栢舟篇龍章昨夜天邊下分得恩光照
九泉

送王給事鉉使滿刺加國

騑騑四牡出都城南粵休誇陸賈名天上詔從
雙闕下海中舡趂一針行番王喜拜
君恩重淵客遥瞻使節榮舶艄風生是歸日帶
將重譯到周京

送蔡進士

把酒江亭未夕暉好山相對惜分違龍章捧下
周儀盛馬鬣封來漢使歸吴苑春光梅獨早楚
江帆影鴈同飛知君指日登臺諫獻納啟勤補
萬幾

賞牡丹和黎郡博韻

魏公宅裡賞奇葩春色無如富貴家西子薄寒

衣濕露太真微醉臉浮霞飛觥不待嬌歌送舞袖休將老眼遮自是太平多樂事吾徒何以荅重華

和黎郡傅送別韻

白雪黄沙歲暮深客邊鄉思竟難禁青山不隔還家夢明月長懸戀闕心春酒一尊留古驛故人千里寄新吟朝回明日長安道又對停雲想盍簪

荅陳醒菴三首

姓名誰為達金鑾老去文章盡學韓海上魚多長作客城南田在不思官音書曉託三湘鴈香珮秋紉九畹蘭昨日壺觴論契濶菊花叢裡得盤桓

玉堂仙去白雲鄉更喜風流得仲將紫玉製簫吹別調黄金換酒滌愁腸百年天地雙青眼十畮園林一舊庄記得去年同看竹水雲深處扣僧房

画舫頻過柳外庄南溪原得近東陽風來絕澗氷無迹月到空山對有光愁裡得詩如老杜醉中揮墨過顛張別来兩月無清約孤負寒梅一

慶香

送王同府賦得涉海清軍

浪花堆裡崇明縣開户時〻見蜃樓別駕不来天盡處戎民應到海西頭陽春暖逐清軍筆夜月寒隨入郡舟此日趨朝緣報績姓名知向御屏留

送金掌饌掃墓

都門匹馬曉遲〻一路春光總是詩寧木不嫣人衣錦家山應笑鬢成絲磵邊芳草披雲薦花裡輕舟載酒移莫戀蘇湖舊風景廟堂青眼待多時

和王掌教佑春雨述懷韻

一窓風雨晝蕭〻此際孤懷政寂寥卧聽鳩聲来屋角坐看苔色到墻腰雨餘未盡鶯花老驥足淹留歲月遥未許廣文官獨冷故人多少在雲霄

寄項文祥

黄金臺上望君家萬水千山道路賖政府別来無簡牘玄都去後有桃花尋盟恨乏揚州鶴飛夢空隨漢使槎聞說西湖好風月莫教行樂誤

年華

贈黎郡傳

芝草蘭花滿室香好詩無愧刻青琅燈前教子
抄長策馬上逢人問故鄉劍氣夜橫低北斗詞
源春漲倒瞿塘明年諸弟多高選細看泥金字
幾行

贈王照府

入幕清名處處傳暫煩製錦向琴川孤桐有韻
堪消日百姓無心復訟田風勁海天蝗不下月
明村巷犬長眠我來拭目看遺愛留得當時策

馬鞭

賦得蓮幕清風贈王照府

地近黃堂迥絶埃好風吹滿座中來誰知幕裡
高眠客便是江東獨步才六角不揮金匣閉五
絃長奏錦囊開晝長料得多清思佳句從教取
次裁

和王以載韻

一樽携過午門前故舊情深豈偶然興好欲為
山簡醉才高不作米家顛憂民鬢婗春條緑報
國心隨夜月懸賀我雙親俱白首誥花飛下九

重天

壽徵士沈緦菴

雪作頭顱錦作袍姓名早已列仙曹蔡經慣食麻姑脯方朔曾偷阿母桃珠對暖摟孤鳳老玉山寒聳一峯高黄眉昨夜傳消息東海揚塵始伐毛

沈緦菴西庄賞燈

星斗流光照綺筵不知明月到堂前龍門忽産三珠對玉井初開十丈蓮火底笙歌春似海壺中天地夜如年不才愧我陪高會先捧瑤觴壽老仙

再壽沈緦菴

八十遐齡又六朞我慚初度獨來遲玉桃只許東方得紫氣還容令尹知洞裡樓臺千歲藥人間甲子一枰碁多情欲釀滄溟水添入年年獻[illegible]危

挽沈緦菴二首

上青騾去莫追訃音傳得到天涯無人更下番榻有客新題郭泰碑百歲衣冠成大夢五風月負佳期西庄他日經行處應是羊曇醉

酒時

鄉書傳到晉陽城，啓讀俄驚失老成。靖節一生多酒債，休文千古有詩名。松楸自濕賢郎淚，風雨偏傷遠客情。他日南還何處拜，赤欄橋畔覓孤塋。

寄沈同齋

藥欄花逕斷紅塵，坐閱昇平五十春。繭紙有書皆晉體，錦囊無句不唐人。新圖寫就多酬客，羨酒沽来只奉親。昨夜天涯憶君梦，西風吹過楚江濱。

挽陳原錫

重向湄溪覓舊盟，眼中風物總關情。聚星堂下花空好，洗玉池邊草自生。身世百年成大梦，文章千古有高名。墓碑矗得儒臣筆，不用鄉評謗重輕。

酬杜東原見寄

杜郎高義薄雲天，慚我交来最有緣。花逕藥欄三畝宅，筆床茶竈五湖船。寫山不讓王摩詰，釋難曾輕魯仲連。昨日開緘見珠玉，老年才思益飄然。